# NOTICE

## SUR LA VIE

# DE M. & DE M^{me} TESTART

CHARLEVILLE

IMPRIMERIE DE AUGUSTE POUILLARD

—

1881

DÉDIÉ

AUX MEMBRES DU CERCLE

ET DE LA CONGRÉGATION DES ENFANTS DE MARIE

DE LA FILATURE SAINT-JOSEPH

A BOULZICOURT

# NOTICE

## SUR LA VIE DE M. & DE M<sup>me</sup> TESTART

M. Testart naquit, en 1825, au village de Salency, diocèse de Beauvais. Il fit ses études classiques au Petit-Séminaire de Noyon ; il les commença assez tard, les mena rapidement et cependant avec succès ; puis il entra au Grand-Séminaire de Beauvais, où il reçut la tonsure. Après ce premier pas fait dans le sanctuaire, il hésita sur sa vocation et revint au Petit - Séminaire de Noyon comme professeur de sciences ; il enseigna surtout la botanique d'une manière remarquable : il n'y avait, pour ainsi dire, pas de plante dont il ne pût dire, à première vue, la famille et le genre.

Cependant, il n'osait toujours pas s'engager dans les ordres ; comme il le racontait plus tard, il aurait eu besoin d'être un peu poussé vers le sacerdoce. M. Testart abandonna l'état ecclésiastique et entra chez M. le Cᵗᵉ de Segonsac, aux Essarts, comme précepteur de ses deux fils.

Au mois de mai 1856, il vint à Boulzicourt, en qualité de comptable, et, au mois de juillet suivant, il épousait une personne extrêmement distinguée et d'un rare mérite. Dieu ne leur donna pas d'enfant ; aussi, libres de ce côté, ils se dévouèrent l'un et l'autre, avec une abnégation sans pareille, au soulagement matériel et au bien spirituel des habitants de Boulzicourt. Les ouvriers furent surtout l'objet de leur charitable sollicitude.

M. Testart avait une aptitude particulière pour soigner les malades ; il exécutait les ordonnances du médecin, au besoin donnait des conseils, distribuait des médicaments, pansait les plaies, allait à domicile soigner ceux que la maladie retenait au lit. Il accueillait tout le monde, donnait et se donnait à tous. Mais en faisant du bien aux corps, il avait l'ambition de faire encore plus de bien aux âmes ; à tous ceux qu'il soignait, il disait un mot de Dieu, des devoirs religieux à remplir, et l'influence qu'il avait acquise par son dévouement, il voulait la faire servir à procurer la gloire de Dieu.

M$^{me}$ Testart secondait son mari dans ces actes de charité.

Douée des plus rares qualités de l'esprit et du cœur, elle avait reçu une éducation parfaite, une instruction sérieuse et variée. D'une humilité profonde, elle ne se servait de tous ces avantages que pour glorifier l'auteur de tout don parfait. Aussi a-t-elle laissé de pieux et impérissables souvenirs. Pendant vingt-deux ans elle s'est dépensée pour les œuvres pieuses de Boulzicourt. Émue des dangers auxquels est exposée la jeunesse, elle attira à elle quelques jeunes filles et les réunissait le dimanche ; l'après-midi se passait à jouer, à prier, à chanter, et elle savait les récréer, les instruire, les édifier. Bien qu'elle les retînt constamment éloignées du monde et des plaisirs dangereux, toutes s'attachaient à elle et lui obéissaient souvent mieux qu'à leurs mères.

Dieu bénit ces réunions ; le nombre des jeunes filles augmenta peu à peu ; tout se passait sans éclat, sans apparat, mais le bien se faisait ; beaucoup de vertus furent préservées, et la piété commença à fleurir.

En 1868, elle eut le bonheur de voir cette association érigée canoniquement en congrégation des Enfants de Marie.

Un ouvroir fut fondé aussi sur des bases franchement chrétiennes, et ajouta, pendant la semaine, son influence bienfaisante à celle des réunions du dimanche.

Et cependant, loin de négliger sa maison, M^me Testart s'en occupait avec un soin scrupuleux. Ce n'est qu'après avoir rempli ses devoirs d'état qu'elle se donnait à ces œuvres pieuses, allait consoler les affligés, secourir les pauvres, visiter les malades, assister les agonisants et ensevelir les morts.

Dans toutes ces œuvres, l'action de M. Testart, quoique très-réelle, s'effaçait devant celle de M^me Testart ; elle se montra davantage dans la fondation et

la direction du Cercle catholique qui s'ou-
vrit en 1868. M. Testart en fut nommé
le président honoraire, et il en était
l'âme; il y venait chaque dimanche, et,
sans faire de discours, il disait un mot à
l'un, un mot à l'autre, et chacune de ses
paroles encourageait et édifiait.

M. Testart rencontra souvent des obs-
tacles sur sa route : le bien peut-il se
faire autrement? Il les surmonta par la
patience, la condescendance, l'humilité;
devant une opposition il s'effaçait, il sem-
blait céder, mais il n'abandonnait pour-
tant pas ses projets et il les reprenait en
temps opportun; et c'est ainsi que, sans
rien brusquer, sans froisser personne, il
fit réussir ses entreprises.

En janvier 1878, Dieu appela au Ciel
la compagne qu'il lui avait donnée. Alors
M. Testart, dégagé des liens du mariage,
sentit se réveiller en lui les désirs de sa
jeunesse, et résolut de consacrer à Dieu,
dans le sacerdoce, le reste de sa vie. Il
vint donc au Grand-Séminaire de Reims
reprendre ses études de théologie inter-
rompues depuis tant d'années; et c'était
édifiant de voir cet homme, âgé de plus
de cinquante ans, miné déjà par une
maladie intérieure, se soumettre à toutes
les exigences de la vie commune dans un
séminaire, et donner aux jeunes clercs
l'exemple de la régularité et de l'obéis-
sance. Aux Quatre-Temps de Noël 1880,
il reçut le caractère sacerdotal, qu'il ne

devait pas porter longtemps, hélas! sur cette terre.

Il retourna à Boulzicourt pour y continuer, comme prêtre, avec plus de loisir et d'autorité, le bien qu'il y avait fait comme laïque. Nommé aumônier des associations pieuses existant à Boulzicourt, il se montra toujours l'humble et docile auxiliaire de M. le Curé; il soignait ses chers malades, il faisait le catéchisme aux petits ouvriers, et le reste de son temps il le consacrait à ses exercices de piété et à l'étude. Il avait toujours été très-austère et dur pour lui-même; il le fut encore plus et négligea trop sa santé, depuis que M$^{me}$ Testart ne fut plus là pour s'occuper de lui. Ses amis le voyaient avec inquiétude s'affaisser d'une manière sensible.

La veille de la Toussaint, il fut frappé subitement et tomba pour ne plus se relever. Trois jours après, il rendit son âme à Dieu.

Toute la paroisse de Boulzicourt se fit un devoir d'assister à ses funérailles, et dans cette nombreuse assistance on pouvait dire qu'il n'y avait pas une personne qui n'eût reçu de lui de nombreux services temporels et spirituels. Aussi, lorsque, sur sa tombe, celui dont il fut le meilleur ami, rendit hommage à son dévouement et à son zèle pour le salut des âmes, il n'était que l'interprète des pensées de tous.

# ALLOCUTION

PRONONCÉE SUR LA TOMBE DE M. L'ABBÉ TESTART

SAMEDI 5 NOVEMBRE 1881

———

La divine Providence suscite parfois des hommes d'élite et comme prédestinés, qui, par leurs vertus, leur humilité, leur dévouement égalent et surpassent les savants dont la patrie s'honore, les hommes de génie que le monde admire. Cependant, comme les autres, ils naissent chargés du lourd fardeau des misères et des faiblesses humaines, et possèdent aussi la liberté laissée par Dieu, à chaque créature, de le servir ou de le combattre.

De là, le mérite immense pour ceux qui, méprisant le monde et ses avantages, n'acceptent pour guide que la charité, n'ont d'autre but que la gloire de Dieu et le bien de leurs frères.

M. l'abbé Testart, dont le nom est béni et
vénéré dans ce pays, dont toutes les familles
ont éprouvé les bienfaits, a choisi la part des
élus de Dieu.

D'un cœur droit, indulgent et bon, toutes
ses facultés n'ont servi qu'au bien de ceux qui
l'entouraient.

Il ne voyait dans son prochain que des âmes
à sauver, que des frères à secourir, et cela
sans distinction de fortune ou de condition ; il
donnait comme Dieu veut que l'on donne ; il
se sacrifiait lui-même.

Comme le divin Modèle, il a passé en faisant
le bien, sans autre ambition que de satisfaire
sa conscience en accomplissant le noble devoir
qu'il s'était imposé : Etre utile à tous.

Ah ! qu'il est consolant pour sa famille et
pour nous, ses amis, de penser à la belle cou-
ronne que Dieu lui a réservée depuis longtemps. Et, puisqu'un verre d'eau offert au
nom de N.-S. Jésus-Christ ne demeure pas
sans récompense, que sa récompense doit être
brillante !

Petits enfants dont il était le protecteur et l'ami, jeunes gens, jeunes filles qu'il entourait de ses conseils prudents et de sa paternelle sollicitude ; vous, parents qu'il a si bien servis dans vos enfants ; ouvriers, qu'il aimait tant ; habitants de Boulzicourt, — conservez précieusement le souvenir de ses vertus et de ses exemples.

Demandons à Dieu de bénir et de perpétuer sa mémoire. — Il a été saint sur la terre, il l'est dans le Ciel. — En priant pour lui, demandons-lui de prier pour nous. Et trouvons notre consolation dans cette pensée que si la mort nous enlève un bienfaiteur et un ami, elle nous donne un intercesseur influent et dévoué auprès de Dieu.

8

www.ingramcontent.com/pod-product-compliance
Lightning Source LLC
Chambersburg PA
CBHW061432170626
46811CB00005B/2243